EVELIN MOON

SENTIMENTI SCONOSCIUTI

Youcanprint *Self-Publishing*

Titolo | Sentimenti Sconosciuti
Autore | Evelin Moon
ISBN | 978-88-91165-61-9

Youcanprint Self-Publishing
Via Roma, 73 – 73039 Tricase (LE) – Italy
www.youcanprint.it
info@youcanprint.it
Facebook: facebook.com/youcanprint.it
Twitter: twitter.com/youcanprintit

Questo libro è dedicato a tutti come me hanno avuto molti dispiaceri, problemi di ogni genere, capita di sognare ad occhi aperti mentre si passeggia in un sentiero pieno di alberi con dei colori meravigliosi della natura autunnale e lì scopri la pace con te stessa, come devi distruggere il passato, favorire il presente, adesso, si vive alla giornata, come molti; per me la natura e l'anima parlano, ci fanno crescere in piùnon fanno male.

PARLA, O TACI PER SEMPRE!

Nulla è perso, niente è perduto nell'immensa luce che emana la luna nella notte più oscura, cupa; i fiori riposano sotto il cielo notturno, l'anima del popolo riposa senza avere dubbi; il giorno seguente si ricomincia vedere l'alba e il sole che si acciglia a fare capolino nel mese di autunno.

La gente si alza e implora una vocazione del tutto inaspettata, per il dovuto rispetto inesistente.

Arriva la pioggia con le nuvole dense d'acqua che sprigionano le gocce di rugiada cadenti e vane, accudendo la terra madre di ogni persona che si sveglia già stanca della vita che appartiene a noi mortali.

Speranza poca, energia poca, amore tanto e duro nel confondersi del piacere, il cuore palpita non è mai a riposo, ma, in ogni uomo o donna c'è gioia di vivere almeno fino al giorno dopo....

Capita spesso volentieri di essere perduti nell'anima e nel nostro cuore, la mente è debole nel percepire tutte le emozioni ed i dolori nascosti, rimasti per sempre a giacere nel buio profondo di noi stessi; difficile il perdono, ma, a volte bisogna accettare le divergenze.

Adesso il mondo è cambiato, peggiorando di continuo ed ignorando molte cose, la fiducia non esiste, è meglio tenersi lo spirito chiuso nei nostri occhi che appaiono tristi, malinconici, gioiosi, pieni di amore e odio immenso, sentire il frastuono del caldo corporeo e fuggire dai sentimenti più profondi che si tengono nel nostro cuore.

Tacito, guardo, cammino, respiro e nello stesso tempo si muore.

Questa pagina tutta bianca che impara a memorizzare lo stato d'animo mio, fugge all'impazzata per assaporare la natura, la vita che continua ogni giorno in tutta tranquillità ed anche fedele al disprezzo dei sogni ed incubi negativi che avvolgono le notti inebriate dall'essere donna.

Voglia di lucidità, da poter vivere nell'aria come un'aquila reale che avvolge il corpo e l'anima mia interna.

Piove, acqua e lacrime si accompagnano a rispettare i fiori e le piante che hanno bisogno delle sue membra attaccate ad un filo di speranza divina.

A volte ci si sente annoiati perché siamo soli in una terra dove ci sono cattive esperienze e modi di affrontare la vita quotidiana, sapendo che fa male, bisogna continuare a vedere come una mosca con tanti occhi accecati di rabbia e rancore; si forma una schiera, un fenomeno di paura, di menzogne; una setta assatanata dall'anima malvagia.

Ricordati tutti i soldati e uomini di coraggio che dio Marte ha creato sulla terra facendo scorrere sangue nelle vene per i coraggiosi soldati, che non torneranno mai indietro; dal dolore di una madre che aspetta invano il suo figlio caduto in guerra: “giovani alzatevi!”

Segui il tuo oblio notturno e metti a tacere la tua anima nefasta, intanto comincia a scappare rifletti dentro di te caro amore voglio che tu sappia reagire nei pensieri che sono offuscati dalla densa nebbia dei sentimenti, l'anima inquieta risponde negativamente, io so che sei infatuato di me, però non posso averti accanto, nell'immenso dell'universo ci rimani tu, cantando insieme a me anima e corpo con nostalgia reciproca, affidati a Lui potentissimo signore delle tenebre, rigogliosamente ubriacami di te che viaggio da una parte e dall'altra per cercarti, ed esprimere i sentimenti nascosti ed aprire i miei occhi che piangono lacrime salate per volerti baciare profondamente; nulla mi chiedi, nulla sai di me tanto tempo è passato per tenerti stretto a me per sempre; continuo a vivere giorno per giorno pensandoti di riaverti, ma lei può darti qualcosa che io non posso, tu lo sai che tra noi c'è complicità reciproca finirà poi tutto per sempre, con una nostalgia feroce e con goduria di amare ancora un uomo che sia diverso da te.

Lo specchio fa vedere il mistero di noi stessi, formando tanta gente diverse e nello stesso tempo uguali come un collegio di figli delle stelle vestite di nero, malinconia, infamia, desiderio, passione, sesso, crudeltà; sono falsità del mondo al quale apparteniamo e che siamo fieri di avere percepito questa anima nefasta, fastidiosa, amorevolmente piace come scherzare oppure come un gioco di ossessività maniacale.

Fai respirare il tuo cuore, non invecchiare presto, mentre gli anni passano velocemente nel tentativo di comunicare agli altri il tuo piacere di amare, in modo fraterno e di innamorarsi di un uomo molto diverso da te.

Provo gioia speranza anche incredula, ma, sapienza; bisogna imparare dalla nostra anima e dal nostro cuore, la testa pensa che è troppo stanca di tutte le persone cretine che invidiano, sono molte, perché c'è guerra.

Il voler bene, essere anche trasgressivi, fa bene allo spirito ed ad ognuno di noi.

Nell'universo ci sei Tu.

Amo solo te con il cuore, ti stringo a me, con le stelle che ci abbracciano per sempre.

Volare nel cielo immenso nel calore del tramonto rosso fuoco, con l'acqua, mio elemento forte si spalancano le porte del mio cuore del successo per amarti sempre più nella mente, nel corpo, di tutta me stessa.

Un brivido mi assale, mi tocco piano piano con le mie stesse mani delicatamente dalla testa, alla bocca, giù, poi ai seni, sulla pancia, vado con un tocco delicato il mio sesso, ansimo al pensiero, mi sento fuoco dentro me.

Tu non sei mio nel vuoto c'è aria e vento che mi assale e fa male all'anima mia grande come il cielo stellato.

Ti capisco perché senza amore reciproco non ci si può stare, ma capita con il tempo che passa in fretta; sarai tu che mi cercherai.

Voglio crescere nell'immensità dell'universo che mi porta via con sé; voglio la conoscenza dell'anima del cuore, sapere di sapienza come se fossimo nel 1700 Avanti Cristo , sapere dei campi di grano per correre in centro ad un cerchio passato fugace, che respiro l'aria dove scopro il piacere di annusare l'erba che diventa fieno con il suo profumo che inebria i sensi della terra.

Il clima è cambiato in poco tempo dando in fronte molta acqua e fango, piogge violente che consumano e seviziano le terre e muoiono persone, ma, tutto ciò è frutto dell'atmosfera che è cambiata così orribile ed inorridita; confusione per molta gente, purtroppo la speranza giace nei frammenti dell'universo impostato troppo insufficientemente adibito ad un nuovo sistema climatico.

Non siamo pronti con queste alluvioni, cicloni, diluvi ad affrontare una nuova strada, bisogna capire il perché di tutto questo che succede e che vanno di mezzo noi italiani, vittime dell'insuccesso della meteorologia.

Siamo un popolo che purtroppo abbina molta etnia varia, ma di veri italiani ce ne sono rimasti ben pochi, ora basta, finiamola di tenere tutto nascosto dentro di noi, dobbiamo parlare e discutere in prima persona per non essere soggiogati da altri più potenti di noi che sono menefreghisti assoluti.

Ormai siamo come in Africa, abbiamo grossi problemi di tutti i generi e nessuno dice niente, tutti pensano al futuro, ma non al presente dove purtroppo aumenta tutto, il salario sempre quello; le tasse sono superiori al dovuto debito.

Mi sembra di soccombere; troppa indifferenza, troppa malignità e ossessività, sono persa di me stessa, ormai sono come una nube che circonda la privacy ormai non esiste più, tutti devono sapere, la mia debolezza è la testa e molte volte anche fisicamente, ho paura di tutto e di tutti, potrei fare qualcosa che non mi piace per niente; essendo stata una vittima devo proprio dire che non invidio niente e nessuno anche se ancora oggi fa molto male.

Anche il mio sistema nervoso, il mio spirito, la mia anima come se fosse stata cancellata da un incubo molto forte e nefasto in quanto ho avuto conseguenze molto gravi, la paura di vivere con gente piena di imbrogli, sotterfugi, inganni, cosa che è successo a me, purtroppo non cambiano opinione tutto per il bene di chi sa chi.

E' vero che gli uomini servono, ma ci sono molti idioti come molte donne.

Con questo spero di aprirvi gli occhi su questo scritto.

Ora in pace con me stessa e forse anche con gli altri, tutto sommato penso che la vita, una soltanto, si può aumentare fino alla vecchiaia.

SENTIMENTI SCONOSCIUTI

N°1- soli io e te camminando mano nella mano, in un prato lungo che ci fanno ombra e luce a capolino; ci sediamo in un angolo appartato, parliamo, tu, mi stupisci con il tuo modo di parlare; ci abbracciamo forte, ci guardiamo negli occhi ed io piango dicendo "ti ho trovato". i nostri cuori sussultano, si agitano come foglie di un albero che al vento si muovono. scoppiamo a piangere insieme nella fragilità dei nostri cuori e della nostra anima reciproca.

N°2- le gocce scivolano sul mio corpo, coperto da un'onda del mare, restando in balia dell'acqua che avvolge il mio essere, la mia mente, il mio spirito che naufraga nei dintorni è come una rugiada su un fiore appena sbocciato che traspare nell'universo.

N°3- scorre in un grido il mio pianto d'amore per te. ogni giorno che passa, ogni momento mi guardi negli occhi. sorridi ed io anche i nostri cuori parlano, sono in subbuglio si sentono molto vicino e si sente un piccolo bisbiglio tra noi.

N°4- un giorno il re sole sorgerà come un'aquila, con il suo calore sarà lui che ci darà l'eternità futura, come un angelo che segue il suo prediletto cuore; si incontrano taciono guardandosi... la fine dell'uomo è alle porte è ora che ispirano tutti nel nome tuo dio sole, rha non perdonerà neanche i più umili, i bambini, le donne, i più potenti dell'universo, si saprà solo che è giunta la nostra ora definitiva nel culmine della terra che si oscura lentamente.....il buio....

N°5- è bello svegliarsi al mattino e udire il canto dell'usignolo, guardare in cielo e sentire una brezza leggera che ti avvolge tutta in un minuto...

N°6- mi dai una carezza con un sorriso smagliante di compiacimento, e, in un attimo mi ritrovo fra le tue braccia, stretta a te come un piccolo riccio. resto senza fiato, ti guardo, e, con il tuo sguardo che chiede un bacio; mi accorgo che ti sei avvicinato a me con la bocca che sfiora appena la mia, chiudo gli occhi accolgo il tuo bacio, il tuo respiro ed il mio diventa una cosa sola.....

N°7- il canto degli uccelli svegliano il cuore e l'anima che sono rimasti chiusi inconsciamente per tanto tempo dentro di me. il respiro si fa meno affannoso, meno gonfio, meno pesante in una vita nuova giorno per giorno; attimo dopo attimo.

COLORE SOLITARIO

Colore: si stampa fisso su un foglio, è indelebile; sicuro del suo colore neutro e autentico che manifesta allegria e gioia per quello che si presenta. Il colore è dentro nel corpo mio, l'acqua limpida come un ruscello che scorre in mezzo al verde del bosco folto di alberi di ogni genere, canto dolce in ogni istante nell'anima che appare solitaria come una farfalla che vive di nettare dei fiori. Il colore è immenso, è fragile in ogni stagione, respiro la sua anima che mi avvolge nell'essenza del mio essere giunto al culmine del tramonto, arriva all'imbrunire piena di nostalgia della giornata passata, si placa il colore acceso e penetra la notte in cielo. E' solitario il cuore della notte il colore del sonno mio si placa in un sonno meraviglioso.

SENZA TEMPO

Si vede all'orizzonte un immenso vuoto pieno di sfere e nubi che circondano un'atmosfera incredibile che penetra nell'acqua blu cobalto; mi immergo nel suo profondo colore inverosimile, resto nel suo cuore senza tempo, percepisco un battito lieve, un abisso senza anima, senza amore solo dolore, vedo corpi contro corpi inabissati da grande guerre, senza testimonianze, senza tempo, soli nell'eterno ed immenso colore di un'acqua quasi torbida. Aspetto e guardo con occhi dispersi nel buio sapendo che tra breve, in un momento, senza tempo capita ancora freddo, il mio cuore resta impavido come un nulla che sprigiona i sentimenti miei. Ritorno indietro, faccio fatica a ricordare quello che ho visto, ma in fondo all'orizzonte sorge un pianeta è quello; i ricordi si placano lì faccio passare nel buco nero ed entro a fare parte in un'atmosfera chiamato "senza tempo", mi guardo attorno e vedo un mondo diverso aperto come una stella.... eccomi arrivata!

RIFLESSIONI...IO CI PROVO!

Il cuore è maledetto, accentua il cosmo del pianeta, migliorando l'umore del corpo quando lo si scuote, pianeta perfetto, nel culmine dell'indimenticabile....già, ma l'universo è migliore di tutto e di tutti, la persona che ho amato, la voglia che io e lui avevamo erano alla pari tra noi come se fossimo una persona sola.

sono una stella cadente e con uno splash nel lago, un bagliore accende tutto ed il lago splende.

sogno ad occhi aperti, pensando al tramonto e abbraccio te, con le mie forze ti stringo forte nel mio cuore per sempre, ti amo sopra ogni cosa, vedo i colori chiari e poi scuri, prima che il sole tramonti, prima che arrivi la grande luna per la sera.

non scuotere la terra, il sentimento più grande e profondo nell'anima di una persona; coscente colui che non si riflette nella terra si ribella facendo posto ad un verme che passa senza guardarla.

le gocce scivolano sul mio corpo coperto da un'onda del mare; restando in balia dell'acqua che avvolge il corpo e la mente naufraga nei dintorni, l'anima appare pulita senza ombre di macchia, una rugiada che traspare nell'universo.

tu per me sei terra, acqua, fuoco, aria che respiro. la mia mente vaga tramortita al pensiero di perderti. la vita scorre in fretta e lascia traccia solo per chi ama; eccomi accanto a te che mi togli l'anima rimasta debole, succhi il polline dei miei sogni, della mia esistenza.....

venere la dea dell'amore, dell'amicizia, dell'anima materna, il cuore scintilla, scalpita tutto ad un tratto si sente come un'onda che trafigge la spiaggia, si rimane ad osservare con estasi la grandezza dell'anima che arriva e scappa via come un gabbiano in cerca di cibo.

il sole cocente acceca il cuore di noi poveri mortali, finché non arriva la primavera che ci apre i nostri cuori con i suoi splendidi colori e le sue profumazioni di fiori. ecco il canto degli uccelli che traspare lontano, via via, sempre più vicino ai nostri sogni che ci tengono compagnia.

il mio cuore batte forte immensamente sognandoti tra le mie braccia appassionatamente e coinvolge nel vederti acconto a me, tremo dal desiderio di seduzione.

per il mio cuore basta il tuo, per la tua libertà bastano le mie ali. dalla tua bocca arriverà fino al cielo ciò che stava sopito sulla mia anima.

qui io ti amo. tra i pini scuri si srotola il vento. brilla fosforescente la luna su acque erranti.

mi guardano con i tuoi occhi le stelle più grandi; poiché io ti amo, i pini nel vento vogliono cantare il tuo nome con le foglie metalliche.

il canto degli uccelli, il mare calmo che da pace, il fischiettio del vento che fa vibrare le piante intorno a noi facendo cadere le foglie autunnali, il miagolio dei gatti che vogliono effusioni, l'abbaiare dei cani che sentono il rumore del vento le sue vibrazioni ed il suo fruscio con il calore della notte. nel cielo e nel firmamento appare, come una meteorite la luna che abbraccia l'oscurità e ci fa sentire meno soli nel silenzio notturno.

SOGNI DI UN'ESTATE UGGIOSA

Un giorno in spiaggia da sola dove non c'era nessuno neanche una persona che stava prendendo il sole, gli ombrelloni aperti, ero sdraiata sul mio lettino ad assaporarmi il caldissimo sole con una brezza meravigliosa, che mi faceva solletico al mio corpo, quando ad un certo punto, con gli occhi semichiusi trasportati con l'arietta fine quasi addormentata, mi sentii avvolgermi da una tempesta di sabbia che non faceva male al mio corpo, alla mia anima, sentivo ancora più caldo non sapendo quello che mi stava succedendo provai a scappare.... ma ad un tratto la sabbia aumentava, mi avvolse tutta come uno sciame di api, non credetti che cosa stesse succedendo. adesso ero in balia della sabbia gli occhi vedevano tutto il mio corpo era avvolto agli inizi avevo timore, paura, ma un istante dopo il sole si scurì e dal mare un vortice d'acqua come se fosse un tornadomi assalì, dolcemente senza farmi nè male nè dolore per togliermi la sabbia che avevo addosso, al mio corpo sentivo che c'era una presenza non so se maschile o femminile non vidi neppure il viso incominciai avere freddo le mie membra erano fredde, il cielo si è oscurato nel frattempo ed io giacevo immobile come se una forza mi dicesse di non avere paura. io non avevo paura , ma non capivo cosa significasse tutto questo, per me erano degli attimi in cui vivevo forse una forza del passato o dal futuro, lasciavo che andassero le cose come dovevano andare... poi incominciò a piovere la sabbia era bellissima tutta puntellata di gocce d'acqua, capii che c'è stata una forza maggiore intorno a me non identificata chissà forse era proprio il mio ragazzo morto molto tempo prima... questo fenomeno non me lo scorderò mai, poi mi alzai, andai a fare una doccia calda e tutto finì, guardai il cielo, il sole fece capolino era cocente e la brezza del mare c'erano ancora come nulla fosse accaduto...che sogno meraviglioso!

Mi viene da sussurrare parole dolci, come mangiare un cioccolato che si scioglie in bocca gustandolo e sentire fuori il rumore ed il volteggiare delle piante con il vento, il respiro candido come la neve bianca che si appoggia fra gli alberi con il suo candore infallibile e con la mano accarezzo la neve fredda, gelida.

Fare finta di niente è impossibile, la mente è consona, ma non risponde, solo il cuore è consapevole di fare, capire, sbagliare, come un peso che si trascina, come una grande montagna di lava incandescente che si accumula come detriti in giro al paese.

Alla fine il vero entusiasmo svanisce in fretta come se fosse tutto calcolato matematicamente.

Non ho più il cuore infranto anzi sto bene, senza rimpianti, mi riprendo la vita quotidiana di sempre nel caos dovunque mi trovi,sapendo che un giorno sarò cambiata in tutto per tutto.

Tremo ancora di sapere del mistero di ogni cosa vuota come un vortice oscuro di fantasia, piacere sconvolgente infatuata da un'improvviso malessere insopportabile che entra dentro di me e fa a te molto peggio ripagando con la stessa malvagità.

Non amando non posso pretendere di condividere le stesse cose gli stessi pregi e difetti, ma una cosa che mi affascina è l'arte del perdono e dello spirito dell'interno di noi stessi, che subentrano problemi oscuri con i quali conviviamo tutti i giorni, perché tanto rancore per una persona che non si conosce neanche ed essere vittima di un incantesimo atroce, diffido della gente, e la stimo amorevolmente, come si fa; ci si sforza casualmente ad essere come loro cinici e convulsi.

Passo dopo passo mi ritrovo a leggere un libro molto bello sull'arte di vivere, la vita si fa greve e molta malata infastidita dalla tirannia del mondo intero, delle persone potenti che sperano ancora, come all'epoca romana di conquistare il primo posto in assoluto nel mondo infinito di gente come noi con il sangue pieno di orrore e morte e per sopportare dello stato intero che naufraga facendo Ponzio Pilato, lavandosi le mani.

Quanta acqua scorre nelle vene tra me e lui, lei ed altri, siamo diversi, il carattere ed i modi sono diversi ed infine come il sole e la luna si scambiano parole insultando il prossimo come se fosse una pezzente.

Ora i tiranni sono vinti lasciano la loro spada i loro fucili e cavalcano le onde dell'oceano in preda a Poseidone che ha una forza di calamità universale.

La sera si avvicina ed anche l'oscurità vera, non si vedono stelle nel firmamento, neanche la luna che accompagna i nostri sogni, diluvia, il cielo è invaso da nuvole nere, temporale pieno, allagamenti quotidiani cosa sta accadendo, sopra alla nostra testa nell'universo infinito di buchi neri, di stelle che si frantumano, spariscono dopo secoli, ma gli scienziati non finiranno mai di stupirci, si parla ben poco di loro nei telegiornali, si parla di morte violenta, come si può ragionare in una terra piena di persecuzioni, violenze, falsità; si guardano le cose meravigliose che la nostra terra può dare ancora, non la madre dei nostri geni, l'acqua: il padre quotidiano di tutti gli esseri viventi e siamo capaci di distruggerla colpendo gli innocenti; la fonte dell'ingranaggio della mente del nostro cervello che esalta la formula della vita incompiuta nel rifare un clone appositamente senza fare fatica come l'essere umano.

No, non ci siamo,stiamo sbagliando sulla natura che ci avvolge nello spirito e noi la sfruttiamo come incapaci di toccarla, favorirla; no la calpestiamo come meglio possiamo fare e così si ribella all'umanità.

Invasione di cellulari, computer solo per la tecnologia, diventeremo dei robot autonomi senza parlare, senza soddisfazioni.

Ormai è la priorità assoluta, ma scrivere fare funzionare la mente, il cervello che ci hanno dato allora a cosa serve?

Voglio un essere umano intelligente, colto da approfondire con lui ogni attimo del dolce sapere, la sapienza è l'arte dell'individuo umano in carne ed ossa; mi concentro sto pensando a cosa potrà succedere in un futuro senza penna né matita né pastello, si va a fan culo.

Una frase tira l'altra come se fosse un possesso da costruire intorno a noi, è difficile vivere con queste idee senza ragionamento filosofico che comprende appunto l'intelletto della persona.

Grave momento di difficoltà per giunta passato come un'uragano alle porte del cielo si incombe su di noi che pregano, che tutto finisca in armonia, come baciare un bambino appena nato e dare un'emozione forte all'avvenire che giorno per giorno va e ritorna.

Ormai l'egoismo è al centro della vita, abbiate speranza che forse finisce nel programmare qualcosa d'altro in fondo ai loro cuori nefasti.

Come si può fare finta di niente, bisogna combatterla, sconfiggerla aumentare il dono del sapere della conoscenza che su di essa apparteniamo la nostra vita, molto importante di qualsiasi altro potere che invade la mente, il cuore e l'anima, costruire un'intimità personale e dividere le cose più intime con i famigliari, bullismo sono, anche se sono grandi, spero che ognuno di noi sappia cosa sta dicendo, non avere la testa per effettuare questo egoismo eccentrico, preferisco stare come sono, piuttosto che assaporare la cattiveria infinita demenziale di una persona; ora dico basta vattene via per sempre in ogni posto che vai troverai un qualcosa di diverso, come la complicità, la voglia di rinascere ed effettuare una vita abbastanza umile di passioni interne che ho dentro e che cerco di fare uscire con il mio stato d'animo ed apprezzare forse il mio nemico dicendo "esisti anche tu!"

Si smentisce con orgoglio il fatto di possedere, ma succede che il possesso a volte è il troppo amore per un'altra.

Il vortice che ho dentro è immenso di voglia di sapere tutto e tanto subito, infinitamente con il pensiero vago nell'ombra, nelle idee a caso nei pensieri miei travolgenti i quali possono fare ridere e far conversare tutti.

Dopo una tempesta di parole molto rigide con il mio pensiero evanescente diventa un fenomeno naturale scrivere, provocando i pensieri ed i sentimenti nascosti dentro in un vortice a forma di cono.

La mia testa è ossessionata a scrivere cose piacevoli, a volte negative e pensieri d'amore di incertezza sull'avvenire, l'ansia che a volte supera la mia persona per renderla ancora debole ed in fondo molta inquietudine quando dormo, non ricordando nulla di positivo, si complica la giornata con una sbuffata, per dire devo, faccio, e molte volte divento pigra di affrontare la giornata cambiando canale in televisione, o dormire, o leggere un libro.

Nell'inconscio la perversione ci può stare, a volte è intensa, a volte è l'ultimo pensiero dei miei incubi e sogni che non farò mai nella vita.

La solitudine a me piace, stare in compagnia abbastanza, se si parla, ma sola ti abitui ad ascoltarti da dentro nel profondo della nostra anima che ogni tanto dobbiamo imparare a volerci bene per volare come un gabbiano che ascolta il vento, niente è diverso, a volte entro in me stessa capendo di essere fragile e appassionata di passioni come la fotografia.

Riscoprendo che siamo cresciuti in un paese piccolo possiamo dire che siamo stati fortunati.

Ascolto una canzone e capita di pensare a qualcuno che non c'è più e pensi che un giorno, perché arriverà anche questo momento nell'eternità troverai la pace dei sensi avventurandoci tra l'oscurità, un vortice buio immenso e la nostra anima il nostro corpo diventerà un angelo che vaga nello spazio infinito.

Silenzio assoluto.

In lontananza si sentono il campanaccio delle mucche al pascolo; silenzio..., la gente con una giornata uggiosa non si vede; silenzio...., parla la natura, si sente un scalpettio di chi taglia la legna, poi ancora silenzio, gli uccelli di tutte le specie fanno un concerto breve quasi assonante.

Stop, silenzio...; la natura si è fermata in un attimo che dura un'eternità assoluta; non si sentono le mucche con il loro campanaccio ciondolante al pascolo, il cinguettio degli uccelli si sente lontano nelle montagne più profonde, le nubi aumentano sta per arrivare una tromba d'aria con affanno, tutti in casa con il respiro sospeso per paura, sconcertante il fato nel quale viviamo.

Cosa sta succedendo alla nostra Italia?

La natura si sta ribellando all'uomo che è stato violento con la terra madre, con gli animali, con le montagne rocciose; ed ecco lo scoppiare dell'inferno sui nostri corpi e su tutto quello che ci riguarda

la ribellione il loro far sapere che la natura esiste e che non ha paura dell'umanità.

Mi sento ubriaca del tuo amore immenso, mi sento appagata ogni giorno che passa, il cuore scalpita in un battito animale.

Guerra, ed ancora guerra, ormai il potere è immenso e forte, tutti pretendono di avere il massimo perfetto dell'universo.

Non mi piace parlare di questo discorso e fenomeno paranormale di uccisioni su donne e ragazzi giovani, ma purtroppo sono cose che succedono tutti i giorni che ha creato il Signore.

Si ritorna indietro nel tempo, quando la donna era solo un oggetto, dato che uccidono come se fossero degli agnelli innocenti, tutto per gelosia, o depravati, gli omicidi e la delinquenza giovanile sono aumentati. "BASTA!"

Il tuono e la tempesta onnipotente giace su di noi mortali, tutto ha un inizio ed una fine molto vasta, per iniziare a lottare con orgoglio e determinata sentenza per amore della Patria, della speranza umanitaria che si placa nei nostri cuori indifferenti, opachi come nuvole nel cielo e sabbia nel deserto più arido di un tempo.

.....Il fumo fa impazzire il nostro sistema focoso e inebria nella mente come il vino accentua il vortice della nostra esistenza.

Si vantano i difetti, esigenti come una stella che pervade nel firmamento celestiale, sappi che dinnanzi a te ci sono Io, per sempre ad avere uno spirito che ci guarda e ci soddisfa nella vita come un angelo avventuriero.

La vita è cambiata, viviamola per un'istante ancora!

Ritorna in questi giorni di diluvio universale con le gocce d'acqua che cadono su di me, sono gocce e lacrime di Te, che mi porgi una mano sul mio corpo freddo, adagiato in una nuvola bianca come la neve, che fa capolino sopra di me, si sposta piano piano, come in un incantesimo appaio sorridendo come un angelo in cerca di una vita piena di speranza per il futuro, con la sua anima ancora vagante nell'aria per ascoltare una goccia di rugiada che dice "salvami!"

Nella sua vita burrascosa, una morte drammatica, l'angelo vuole la pace eterna, ci chiede di trovare un angolo appropriato di riposare in pace perenne senza girovagare nell'universo.

www.ingramcontent.com/pod-product-compliance
Ingram Content Group UK Ltd.
Pitfield, Milton Keynes, MK11 3LW, UK
UKHW040027200726
13854UKWH00001B/403